蹚过倒水河

徐行 ◎ 著

辽宁人民出版社

© 徐行 2023

图书在版编目（CIP）数据

蹚过倒水河 / 徐行著 . —沈阳：辽宁人民出版社，2023.1
ISBN 978-7-205-10579-2

Ⅰ.①蹚… Ⅱ.①徐… Ⅲ.①散文诗—诗集—中国—当代 Ⅳ.① I227.6

中国版本图书馆 CIP 数据核字（2022）第 183377 号

出版发行：辽宁人民出版社
　　　　　地址：沈阳市和平区十一纬路 25 号　邮编：110003
　　　　　电话：024-23284191（发行部）　024-23284304（办公室）
　　　　　http：//www.lnpph.com.cn
印　　刷：辽宁新华印务有限公司
幅面尺寸：165mm×235mm
印　　张：16
字　　数：160 千字
出版时间：2023 年 1 月第 1 版
印刷时间：2023 年 1 月第 1 次印刷
责任编辑：贾　勇
封面设计：华夏长鸿出版集团
版式设计：一诺设计
责任校对：冯　莹
书　　号：ISBN 978-7-205-10579-2
定　　价：68.00 元

内/容/简/介
NEI RONG JIAN JIE

  在时代浪潮冲击下，在千千万万外出打工的人流中，一个背着沉重行囊的身影，"吟啸徐行"，所历经的艰辛，所品尝的孤独，所渗出的乡愁，沉淀在《蹚过倒水河》这本集子中。作为时代脉搏跳动的一个音符，是苦涩？是沉郁？是激浊扬清？在读过之后，咂摸之后，或许会在你的心底掀起波澜。生活不能没有诗和远方，而诗和远方，正是这个巨变的时代，这个让千千万万人奔走东西的时代赋予我们的共同情怀。

目 录

秋行 /001

愿你头顶蓝天 /003

望月 /007

故乡是永远的童年 /009

七里坪 /014

倒水河之殇 /017

端午祭 /021

一棵路旁的树 /025

致敬闻一多 /028

江南雨 /030

阅读 /032

我喜欢倾听山林寂寥的歌声 /035

告白 /037

做一个旅行者 /038

我有一个梦想 /041

致敬桂子山 /043

清明悼父 /046

谒五祖 /048

我愿 /050

梅雨 /052

梦 /054

惊蛰 /056

七月，烈日下 /058

菊展 /060

风之颂 /062

啊，那一片叶子 /064

孤独是城市的一张名片 /066

在人力资源市场 /068

人和一粒麦子 /070

一只鸟飞来飞去 /072

弈 /075

一片叶子 /076

时光流逝 /077

在一个冬天的晚上 /079

故乡 /082

中秋遥寄 /084

我想去某个地方 /085

决不放弃 /087

我爱上了风雨打磨的世界 /088

我家庭院 /089

暮色中的茶香 /092

山巅的宝塔 /094

中秋游武功山 /096

感恩时光 /099

秋日的祈祷 /101

扪心自问 /103

梦见自己是条鱼 /105

教师 /107

做一棵桂花树 /110

早行 /112

华北平原的雾霾 /114

白城的冬天 /117

宿山村民居 /119

今夜月光多美 /121

浠川二月 /123

春日小游 /125

挂满露珠的早晨 /127

寂寞有绿色的闺房 /128

致城里的朋友 /130

山泉 /132

登鳌峰山 /134

信念 /137

向晚漫步 /139

恩平的冬天 /141

别锦江 /143

听雷 /145

夜过玉门关 /147

博斯腾湖的太阳 /150

游天山天池 /152

致苍鹰 /154

在那拉提草原 /156

赛里木湖 /158

我把自己弄丢了 /160

我喜欢的夜 /162

一个中学教师的夜晚 /164

渴望一次远行 /166

亲人 /168

走在通往天边的路上 /170

中秋对月 /172

我把世界拥在眼里 /174

寄语母亲 /176

在人间 /178

影子 /180

人与人 /182

夏日漫步榕荫下 /183

炎夏之夜 /185

幸福是窗前那只鸟 /187

游英德南山 /189

校园之夜 /191

南国秋晨 /193

别青春 /195

月下秋思 /197

看海 /199

火车驶过车站 /201

阳光竖起一陡高墙 /203

学会沉默 /205

伞 /207

帆 /209

父亲的献歌 /210

爱的真谛 /212

生活之歌 /216

一颗有生命的石头 /218

远方 /219

等待的人生 /221

我从你的世界路过 /223

哀歌 /225

回乡日记 /227

寒风刷过我的脸 /229

不期而遇 /231

光阴湍急 /233

生命如风怒号 /235

致八旬母亲 /237

雪压在屋顶 /239

望秋 /241

故乡的大枫树 /243

沉默的石头 /245

秋 行

携一抹疲惫　独自
漫步在小城的郊外
听迷离秋雨
濡湿大地的宁静

空灵是此时的原野
收割后的稻田
已然沉寂
只有田鼠和山雀
在悄悄捡拾遗落的秋讯

山坡上老树粗粝的叶掌

默默托举着天籁

秋气如猫步在田垄逡巡

在这寂寥的田野

岁月被踩踏成纵横的阡陌

却寻不见秋收的仓廪

我多希望啊多希望

循秋虫窸窣的跫音

觅得几枚失落的稻穗

我多希望啊多希望

向秋之氤氲的大地漫溯

做一回山雀或田鼠

攒一把秋之岁月的余情

2016 年 10 月 11 日

愿你头顶蓝天

——致大学同学

虽然很久不曾相见

但是啊,同窗的情谊哪会改变

当你想到我的时候

请收下我这份美好的祝愿

我愿你头顶蓝天

幸福的空间里阳光璀璨

有雄鹰高翔

白云舒卷

我愿自由的风

每天抻抻你的衣襟

和暖的阳光

每天拍拍你的双肩

我愿劳动者粗重的呼吸

从此在人间消逝

幸福的人们

都对你坦露真挚的笑颜

我愿蓝天下的生命五彩斑斓

绿水滋养着百花鲜艳

你是蝴蝶是蜜蜂

采撷的只有生活的美丽和甘甜

我愿每一寸空气

都不再憋屈

阳光也为你哼着小曲

时光的节奏不快不慢

我愿你早晨一觉醒来

激情飞扬

一树花开

身上落满阳光金色的花瓣

我愿春风每天拂过你的面颊

不让岁月留痕

在你感慨韶华将逝时

欣然献上第二个春天

我愿你前程似锦

不经意再跨越一座高山

然后回报一个真实的自己

敞开悠悠岁月中最柔软的那份情怀

我衷心地为你祝福

如同绿叶在碧空飞舞

我愿你面向明天,昂首挺胸

拥抱一个没有雾霾的清朗世界

我将捡起干瘪的文字

一条条写下我的祝语

并把它高挂在柿子树的枝头

就像那累累的果实

不仅殷红

而且沉甸甸

2016年11月22日

望 月

儿时望月

月亮是一盏灯笼

朗月下的游戏

比睡梦还香甜

长大后望月

月亮是一张笑脸

旅途中的翘首

竟不知今夕是何年

而今望月

月亮是一场乡梦

拢一拢霜鬓

始知愁的滋味好咸

2015 年 10 月

故乡是永远的童年

啊别问我故乡

只知道啊

故乡是永不会老去的童年

故乡是三月的风吹过

满畈的鲜妍嫩绿

故乡是夏日池塘中

赤条条的戏水疯狂

故乡是秋天的乡场上

草垛里的迷藏嬉笑

故乡是冬日里

村头巷尾的放浪雪仗

啊别问我故乡

只知道啊

故乡是每一寸土地

都被孩提的脚丫

丈量过的地方

故乡是长长的沙土路

是走不完的沟沟坎坎

是松树林里的蘑菇

是一道又一道的山梁

是树杈上的鸟窝

是田埂间苦苦菜的清香

是走亲戚的阡陌小道

是村小学耸立的山冈

啊别问我故乡

只知道啊

梦在故乡里播种

又在故乡的山林小河里生长

故乡有明镜似的池塘

养着满天的星星

故乡有清泠泠的河流

不舍昼夜

却不知流向何方

故乡有环绕天际的黑魆魆远山

总令人把山那边憧憬和神往

啊别问我故乡

只知道啊

故乡是亲情深耕过的土地

故乡的新年总是抬着新娘的嫁妆

从这村走到那一村

故乡的甜酸苦辣

总会随着炊烟走村串巷

故乡有走不完的邻村亲戚

故乡有聊不尽的邻里家常

啊别问我故乡

只知道啊

故乡端在碗里蹲在地上

故乡的糍粑很好吃

故乡的老米酒

用来请全村人分享

故乡的酸菜缸

能装下一个冬春的滋味

故乡的木榨坊

榨出的油特别清香

故乡村头那棵高大的枫树下

蹲得了数十人吃饭纳凉

啊别问我故乡

只知道啊

故乡在静静的倒水河旁

那里青山如黛碧水似镜

古老的山歌总被唢呐吹得悠扬

而瘠薄的沙土地

世世代代耕种着梦想

啊别问我故乡

只知道啊

不论时光多么久远

她总是那般青涩的模样

没有岁月可以将她改变

也没有地方能将她收藏

不论走过多少路

她都被牢牢地系挂在心上

       2015 年 11 月 10 日

七里坪

朋友，如果你想找个地方
寻觅先辈的足迹
撩开风云激荡的历史
那么，来吧，来七里坪走走

走走斑驳的长胜街
摸摸苏维埃老旧的门牌
然后进入青砖黛瓦的屋舍
静看天井筛落的残阳
你感受的将不只是古朴和苍凉

七里坪并不迷人

这里没有诗意和悠闲

没有雕梁画栋的昔日繁华

却有着让你感受不尽的

光荣、骄傲和血泪的印痕

历史的硝烟虽早已散尽

但在七里坪几乎每走一步

都依稀可以触摸到

曾经的血雨腥风岁月

和远去的金戈铁马之声

血性男人们的七里坪

山峦簇拥,倒水河悠悠相伴

无论什么时候都能听到

山林深处传来的阵阵松涛

仿佛先辈们出征的战鼓声从未停歇

从这里走出的是一腔腔热血

是"风萧萧兮易水寒"的激越悲凉

你可以数出这里走出了多少将军

却无法数清有多少无名的英灵

在壮烈的长征路上寂寞安眠

历史总是在时光的淘洗中
显现胜利者不朽的荣光
而将失败的血泪悲歌湮没于尘埃
而今，倒水河依旧迤逦而去
谁也看不清它的尽头

朋友，来吧，来七里坪走走
只要来到七里坪
你就不愿成为匆匆过客
而一心想走进它悲壮的历史

2017 年 4 月

倒水河之殇

我想起了嬉戏中的倒水河
想起了弯腰弓背质朴放旷的倒水河
想起了静静地躺在柔沙上淙淙流淌的倒水河
我的灵魂被放养在倒水河里
你看到过的那些精灵似的色彩斑斓的小鱼
是我游弋在倒水河中的灵魂

我想起了倒水河粼粼的波光
想起了赤日炎炎的孟仲夏之夜
我躺在洁白如银的沙滩上

仰望天空闪烁的群星

那也是精灵似的色彩斑斓的小鱼

是我的先祖们的魂灵

我想起了倒水河两岸

似古铜色皮肤皲裂的土地

一道道裂纹似的沟壑里

汹涌着浑浊的洪水

想起了人们沟壑般纵横的脸上

汩汩流淌的暗黑的汗珠

我想起了先祖们带血的足迹

想起了汇入倒水河的腥风血雨

历史在这里用它振聋发聩的犁铧

剖开了大别山南麓这片古老土地的胸膛

倒水河如巨人的血管血脉偾张

澎湃了整个中国

我从倒水河哗哗不绝的涛声里

听到过先祖们出征的号角声响起

在号角声传到很远很远的地方之后

倒水河的涛声带走了很多的人很多的故事

那些留在倒水河的魂灵

至今在黄昏的倒水河畔游荡

我想起了大人们高呼着莫名的口号
落寞地在倒水河边收割一茬又一茬的庄稼
想起了勤劳的母亲将缝缝补补的岁月
穿在我稚嫩的身上
想起了我背着米袋咸菜蹚过倒水河的瘦小身影
倒水河流淌的不只是溪流、山洪
还有鲜血、汗水、怅望和热泪

炎热夏日散学的一刹那
我如离弦的箭射向倒水河的清波
我追逐过倒水河中跃动迅捷飘忽的小鱼
羸弱的身躯往学校沙坑里背过倒水河的细沙
那些没能蹚过倒水河去的魂灵
附着在我的身躯
我像护在倒水河岸的竹林和柳树
根扎得很深

但不期而至的掏挖采沙肆虐了倒水河
在筋骨裸露状如疮痍沟壑的倒水河面前
我想起了向着远方铺展而去的洁白如银的沙滩
想起了枕藉于银色沙床的潺潺流水和精灵似的小鱼

想起了先祖们自由不屈的魂灵

那些没能蹚过倒水河去的魂灵

附着在我的身躯上

我想再次踏入同一条河流

2019 年 3 月 1 日

端午祭

五月初五来临,
我已备好艾草和菖蒲,
带上粽子和雄黄酒,
来到龙舟竞渡的扬子江畔。

淅淅沥沥的雨啊,
洗涤多么纯粹的灵魂!
千古江河琴声呜咽。
我分明看见屈子峨冠博带,
衣袂飘飘立于烟雨江上。

我对着渺渺江水呼唤：
屈子，魂兮归来！
此刻我多么想、多么想
穿戴成屈子行吟的模样：
头戴百花的冠冕，
腰佩馥郁的香囊。

我曾追到兰泽拜见屈子，
也曾疾驰到长着椒树的山冈。
求索的路何其漫漫，
本想采集杜蘅薜荔，
——田园将芜，
嗅不到芳草的幽香。
多少次我迷失在荒野，
四顾彷徨。

屈子啊，魂兮归来！
我是带着巴山楚水呼唤，
带着千百年来
郁积在胸的情怀呼唤！
江畔的苇叶呀，
黄了又青，青了又黄。

穿越两千多年的风风雨雨，
人们聚焦在五月初五
——祈愿心中的幸福安康。
崇尚高洁的屈子啊，您在何方？
何人还在
固守芝兰为配的君子模样？

蹚过端午的巴山楚水，
我在天空的蔚蓝里，
遥望孤独的远方。
——大地疮痍，
逐利的路途熙熙攘攘，
春风不识岁月前行的模样，
唯见远山如黛，
在霭霭烟雨中惆怅。

屈子啊，魂兮归来！
多少回我飘然来到您的身旁，
我只想解下您腰佩的香囊。
我要把氤氲的香气还给大地，
把忠奸的秘密托付上苍，
把白芷、蕙兰种植在花园，

把芰荷、芙蓉还给荷塘。

五月初五这一天
在很多人的记忆中
是缠彩线吃粽子佩香囊，
是观看龙舟竞渡的热闹非凡，
是畅饮雄黄酒的率性豪爽。

啊，这一天的游人真多，
抛撒的粽子真多，
我也喝上了一口雄黄酒。
但其实啊，这一天万籁俱寂，
我只听到一声清脆的呼唤：
屈子，魂兮归来！

2019 年 5 月

一棵路旁的树

我是一棵无言的树

守着落寞里的孤傲

年复一年

静静地站立在路旁

这是一条幽僻的路

远离通衢大道

甚至乏人知晓

因此少有人走过

我就静立在这路旁

一切都是过客

光阴是我的财产

我将它托付在绿色的叶上

灵魂扎根在大地

虽然这条路地僻人稀

但我经历着该经历的一切

风来过雨走过

抖落尘埃

我在顽强地生长

或许一切都是约定

栉风沐雨是我的宿命

岁月把深深的刀痕

刻在我的心上

疮疤似的皮肤透着苍凉

刻在最深最痛里的有谁

是谁必定经过我的身旁

我以感恩的心注视

那些走进过我生命的时光

当又一年光阴被风牵走

满地落叶的深情

是一封封感恩的信笺

我请大地好好收藏

鸿雁不知飞向何方

我将不断把新绿高举在手上

打我身边路过的人啊

我要为你撑一片阴凉

其实我与日月并肩

一直托举着时光的重量

就像风雨就像流岚

来或者不来

我站立的身姿始终一样

2016 年 11 月 27 日

致敬闻一多

多少次我来到凤栖山麓,
您点得着火的头颅,
高高耸立在故乡的山巅。
我却无法接受、无法接受啊,
您太阳般激情四射的诗人形象,
竟然定格在最后一次讲演!
我沉吟于《七子之歌》盈眶的悲怆,
澎湃于《一句话》霹雳般的呐喊。
又在铿锵高亢的《太阳吟》中,
沐浴一颗赤子之心迸射出的腾腾烈焰。

您流着荆轲聂政的血,
怀抱着尧舜为民请命的心愿。
您对黑暗厌恶和憎恨的《死水》,
也在我的心底里掀起狂飙巨澜!
我景仰的诗人、斗士、先贤啊,
我一遍又一遍吟诵您激越的诗篇,
感受着一支熊熊燃烧的红烛,
划破那个时代的黑暗。
终于我懂了、懂了,
人生不就是一场庄严的讲演吗!
只是啊,何言最后?
您爆出的那句"咱们的中国",
至今震响在千万中国人的耳畔!

2017年5月于浠水

江南雨

初识江南雨

我是骑牛的牧童

顶一蓬清香的荷叶

携一路款款叮咛

走进山色空蒙

再识江南雨

我是翩翩学子

撑一把缤纷小花伞

采撷杨柳岸迷离烟雨

枕一夕缠绵春梦

又识江南雨
我是远行的背包客
江南雨是多情的水墨画
那如黛的山、锃亮的石板路
还有瓦屋上濡湿的炊烟
一幅幅剪贴在心头

而今春往秋来
我是怅望的归人
淅淅沥沥的江南雨
则是一位游方的行脚僧
驻足在空寂的窗前、屋檐下
数一串
一生也数不完的念珠

2018年9月29日

阅 读

对我来说，注定
阅读是今生今世的宿命
自从生命起源于那一声啼哭
我就跟定岁月，虔诚地阅读世界
阳光教会我阅读缤纷的色彩
黑夜教会我阅读梦想与星空
因为阅读，我拥抱着生活
并像风一样阅读花开花落
像流水一样阅读山川河流
像时钟一样阅读流逝的光阴

我用青春阅读，用梦想阅读

用心灵与信念阅读

用爱与纯真阅读

在学校阅读，在家中阅读

在风里雨里阅读

在痛过之后哭过之后阅读

我读着蓝天与远方

读着困惑、希望、爱与亲情

我读到苦读到甜

读到喜读到悲

读到爱读到恨

读到阳光下的罪恶与阴暗

读到卑微里的正义和良心

读到温暖和深深的感动

读到刹那的欢欣与持久的悲悯

懂或者不懂，从来都不重要

即使乌云遮住了双眼

岁月蒙尘，光明无处寻觅

我还在用脚阅读着坎坷与泥泞

我从厚重的历史里读出敬畏

却从纷繁的现实中读出苦闷

我读得了高山大海

读得了唐诗宋词百家姓

却读不透生活,也读不懂人心
最后,我用一头白发阅读沧桑
把生活读得一塌糊涂
把满腔热血
读得
一滴不剩

2017年2月14日

我喜欢倾听山林寂寥的歌声

我喜欢倾听山林寂寥的歌声，
喜欢将绵绵思绪晾晒在高高的树梢；
喜欢任由时光抛洒，再从麦地里捡起，信手把玩；
喜欢用心灵采集春天的烂漫，放在梦里品尝；
喜欢漫不经心地踱步，把脚印留在陌生的地方，不会重复；
喜欢让露水沾湿衣襟，然后蹲在冒着炊烟的小屋嗅蘑菇的味道；
喜欢赤脚蹚过清冷冷的小河，感觉凉丝丝的轻快；
喜欢走在曲曲弯弯的羊肠小径，就像绿色风筝的长线牵在手上；
喜欢静坐山坡看候鸟从头顶飞过，告诉我季节的转换；
喜欢把禅心托付于一支钓竿，去欣赏蓝天白云倒映在清水池塘；

喜欢像飞鸟一样感知岁月的温度，感受风的气息与自由；
喜欢晨光和暮色告诉我生活的周而复始，甚至不需要暮鼓晨钟；
喜欢以旁观者的姿态出现，我可以观棋不语，何其超脱坦然；
喜欢把寂寞的日子过得心满意足，每天都把日出眺望。
我喜欢啊，喜欢这个世界上没有人知道我在哪里，
除了浅浅的梦和绵绵不绝的阵阵松涛。

2016 年 6 月

告 白①

春天穿着她的花裙，夏天举着她的绿伞，秋天摊开了金黄的底色。

没有人注意我，我在时光里安居，在守望的枝头自言自语。

物换星移，我借着一缕光，舒枝展叶。

一缕光，足以让我，在某个角落里确幸；

一缕光，足以助我，穿越一片昏暗的丛林；

一缕光，足以令我，踩疼自己的影子并且激动一生。

寂寞是通往回家的路，我蹒跚在路上，从不曾被驰骋的风抛弃；

生活也从不曾让我，背离一缕光，远离孤独的小屋。

我寻觅着答案，但我喜欢一个没有答案的人生！

---

① 该诗作于何时，已不记得，故未录入写作时间。后同，不再一一注释。

做一个旅行者

做一个旅行者

带上灵魂

与日月同行

把生命的光辉

挥洒在风雨兼程的旅途

让房奴的重轭

去羁縻别人吧

何必去背那个沉重的壳

使旷放的心遭受囚禁

清一清行囊

扔掉驳杂凡尘

只装着梦想出发

把人生放置在旷远的路上

任一路风雨

洗涮岁月的污渍旧痕

只想走出旅行者的感觉

足履山岳

怀抱风云

天之蓝地之广

唯我独尊

决不叫金钱狞笑的脸

打劫人生

也不为权欲所屈

做供人吆喝的爬虫

仰天大笑

我是旅行者

走出困顿的樊笼

像走兽更像苍鹰

奔走在山川河岳

或盘旋于高野

把无限生机置于视界之下

然后高呼

我来了看见了

虽不曾征服什么

眼前却豁然开朗

分明这就是我

一介懵懂小民

爱芸芸众生

更爱一路的风景

我将努力且坚定地

让负重的人生

成为一次没有牵绊的旅行

2016年11月5日

我有一个梦想

我有一个梦想

世界没有贫富的篱墙

美利坚不再遥远

欧罗巴走出梦乡

我行走在西非大草原

漫步在华尔街上

我有一个梦想

傲慢与偏见被春风扫荡

纵然游人如织，摩肩接踵

也能像鱼翔大海、飞鸟集林

刺耳的纷争都随风而去

和谐的阳光在大地荡漾

我有一个梦想

人与人之间没有了距离

心与心澄明透亮

握手成友，兄弟相亲

即使擦肩而过的回眸

也能弹奏出葳蕤的乐章

我有一个梦想

山依然高耸

路却不再崎岖

碧水蓝天处处春光

人们头顶思想的光芒健步前行

鲜花捧在每个人的手上

2016年9月12日

致敬桂子山

我曾是桂子山上

馨香一瓣

至今还在消费

那一抹淡淡的幽香

宁静的桂子山啊

芳华永驻

一代代折桂的学子

怎能把你遗忘

忘不了图书馆里

沉湎的身影

忘不了教学楼前

匆匆又青涩的时光

暗香浮动的黄昏

总让我凝思张望

那酿在桂花酒中的缕缕情丝

便随一弯明月灌溉在心房

多少次梦回您的怀抱

满山金桂迎风绽放

我像饥渴的幽灵

在碧瓦琉璃间缱绻彷徨

难舍漫步芳林的情结

难忘桂花雨洒落的喧响

虽然岁月早把我摇落

——踏入昨日尘埃

被熏染的灵魂却历久弥香

梦中的桂子山啊

很难想象

没有你的袅袅余香
我的世界会是什么模样

2019 年 5 月 14 日

清明悼父

清明的雨淋湿了我的痛
风在远远近近的树上呜咽
行人匆匆奔走路途
这个时节当然属于怀念
还有什么样的怀念
比大地弥漫的绿色更深沉

一辈子失落在善良里的父亲啊
躺在永恒的梦想里
这个时节，正与青山为伴
一定嗅着满坡的花香
嗅着青的草，树的新叶

又何须我再添上一捧泥土

面对青山,一切都是多余
我和那高高低低的树一齐鞠躬
清风揩下天空的泪滴
并把它交给了脚下的青草
时光的跑道上已挤满鲜花
大地到处是绿色沉重的脚步

天空、云朵、萋萋芳草
还有我,还有湿透的空气
我的心在山丘,四顾茫茫
野旷天低,山色空明
浅浅的阳光从乌云里钻出
此时还有什么不惆怅

惆怅的是走不出的清明时节
是来来去去的迷离烟雨
就像山路弯弯,满目苍翠
青山依旧,滔滔岁月没有尽头
没有人能望穿这个世界
唯有绿色在路上,踏尽天涯

2018年清明节于浠水

谒五祖

谁不背着行囊

谁不就是一副行囊

愿我的行囊里

空无一物

我虔诚地祈祷

祈祷,我能超凡脱俗

可是,五祖啊

当我转身离去

只有田野的风

轻盈而浩荡

是不是我蒙上眼睛

就是世上最幸福的人

2018年秋于黄梅

我 愿

我愿蜷缩于漆黑的夜

静在人间

所有的喧嚣纷扰

都在一团漆黑里淹埋

我愿守护这份安谧与孤寂

仰望天空晦暗的星光

接受神明的指引

我愿在黑暗中驻足

看着那一扇扇窗户灯光亮起

并循着窗口明灭的灯火

让冥思穿透夜色的苍茫与幽远

这深沉的夜啊

从来就不是死寂的荒岸

在它魆黑又温柔的被褥之下

还有梦　许许多多的梦

明亮又温暖

我愿做这黑夜的囚徒

拥着烛光与幽梦

久久地

在黎明的关隘前徘徊

2019 年 2 月 17 日

梅 雨

站在窗前望你

原野很远你很淡

缥缈的花雨伞

缥缈成没有颜色的写意

你颤然哭泣

纵然丝丝眼泪

缝合了春夏

这段路也已经太泥泞

其实怅然若失的
只不过是一个凄迷的梦境
待梅子熟了
也就散了

2016 年 6 月于浠水

梦

像条毛毛虫

抽丝作茧

包裹一天的困倦

成僵死的蛹

而嬗变为蝶

为蓝天的舞者

剧烈对折

它的翅膀

梦

就是一个
醉汉
醉倒在
生与死的奇遇里
化茧为蝶
让生活
一样地
破茧新生
而美丽

惊　蛰

冰河开裂
此时没有什么比种子更饱满
每一颗深锁幽冥的心
都怦然而动
都在奋力拱开暗黑的泥土
千万颗头颅昂然出海
为生命绽放的花朵
撑开一扇窗户
光与影颀长的手臂
随之伸向天空

并开始拥抱了
爱啊,纵身一跃
便是辽阔深邃的苍穹
便是五千年来
耕耘不辍的文字

七月，烈日下

七月很长，太阳暴烈
阳光狠命地催促
果树和庄稼
朝着秋天的路径呻吟

我清晰地看着自己
几十年光阴带走的
是支离破碎的影子
剩下的我形销骨立，无处遁形

光芒眩晕地轭套在肩上
勒出刺眼、幽深、殷红的血印
我不得不在汗水的洗涤中
裸露沧桑的面容

本想悄然穿过烈日的炙烤
却没有一片树叶为我遮挡
我隐匿的世俗昭然若揭
很不情愿地以一次裸奔
穿越世人的视线

光阴追逐远方而去
席卷了我全部的积蓄
并且了无痕迹，不再回来
可叹我两手空空
还在痴心秋天的风景

但我也不再恐惧
我已坦然接受岁月的鞭笞
默认了一个夏天的忏悔
疼与不疼
都一样的麻木不仁

2017年6月9日

菊　展

进入菊季

悠然是菊的长街

任西风

轻扯衣襟

流淌的脚步

花团锦簇

绰约是少女的风姿

品尝菊之爱哟

流溢千年

菊诗还在醉人

菊酒还在熏人

菊药依然清润脏腑

风之颂

从头顶从耳畔一掠而过
那呼呼的呜呜的
手之舞之,足之蹈之
向着一切方向浩荡的声息
是吹奏生命号角的风啊

我崇拜风潇洒的身影
在田野在森林在平静的水面
每日弹奏天籁之音
挥舞如椽巨笔书写大地风云

行如君子，坦坦荡荡

没有任何一个地方
容得下风的那颗向往之心
它似乎无处立足，又无所不在
哪里都是它深爱的土地
一心向往多彩的远方

在风的身后是四季的花园
让地球在变幻中美丽
在美丽中变幻
以周而复始的美丽舞蹈
簇拥在勤劳智慧的人们身旁

我多么渴望像这率性的风啊
像东风、西风甚至飓风一样
席卷大地，风云激荡
做大地朝气蓬勃的推手
一生只为奔走，永远在路上

2017 年 4 月 17 日

啊，那一片叶子

兀然凝望众星的天空
你是谁站在谁的枝头已不重要
既然生命力的畅想催开了世界
那就高高举起信仰的旗
让思想的手挥舞阳光
将时光采集成清凉的绿色

向广袤里闪动的深情眸子
拥趸春天就甘于静谧
争奇斗艳不是你的性格
只无愧生机盎然于大地
让众生畅然自由呼吸

而将灿烂让与竞相开放的花枝

很多时候看你
是笑脸上的一弯秀眉
是不经意间的惊鸿一瞥
风喜欢读你雨喜欢读你
而你始终静若处子
坦诚如飞鸟张开的羽翼

在季节的征途最喜欢
向行人送去沙沙的掌声
并朗诵春之柔情夏之热烈
也在秋风里抖落尘埃
让生命醉过一回
以一脉思想的箭镞射向大地

将一生的情感写满天空
从来不觉站在虚空里
回归大地的那一刻欣然而坚定
谁说你只是一片叶子
一片叶子就是一个世界
你是天地间最深刻的诗句

2016年9月25日

孤独是城市的一张名片

孤独是城市的一张名片
它或许是你生命的礼物
来吧,熙熙攘攘的城收纳你
不会拒绝却也无法逃避
让你伫立在摩肩接踵的街头
忙碌、吆喝、炫耀或矜持

这是一个欲望打造的城堡
当然不是一种独享的境界
茫然四顾时人海茫茫
所有目光的弦拉得满满
就像一场凛冽的秋雨

向大地攒射冷漠和迷离

在趋之若鹜的苍穹之下
人们如狼奔豕突的野兽
一刻也不肯放松追逐的脚步
本该俯拾即是的草木虫鱼
还有亲密无间的泥土风雨
皆在不知不觉中远离而去

天空被水泥高墙凌厉攻陷
太阳每天撕下灰暗的日历
被喧嚣与躁动掩埋的神经
让你只能依靠错觉呼吸
而时光躲进你的肌体
蝼蚁般锥心噬咬你的灵魂

其实孤独是城市开出的价格
即使你在心中种出一份悠然
也难摆脱芒刺在背的感受
时光因此肆无忌惮地潦草
让你情不自禁地演绎
一段段比木偶剧更落寞的剧情

2017年10月13日

在人力资源市场

大街上人头攒动

一张张脸

被高举向前

我在他们中间

张皇四顾

没有人知道

我在阅读自己

太阳每天

翻开这一页

就像翻动一本书
翻出一大群蝼蚁
它们觍着脸
在街面上爬行
而阳光正挥舞镰刀
似在收割庄稼

人和一粒麦子

一粒麦子扎下了根

就走在通往秋天的路上

一粒麦子的路有多长

全在它干瘪或饱满的心里

人生的路多如藤蔓

奔波在路上的人

并不知道哪条路

能够得到秋天的承诺

没有人在意
一粒麦子固守的命运
可奔波在路上的人
都是传送带上的一粒麦子

一只鸟飞来飞去

一只鸟飞来飞去

在一棵香樟树上飞来飞去

在一副皮囊里飞来飞去

它是我豢养的一只鸟

我丢弃在人间的这副皮囊

是它不曾舍弃的居巢

它叼着寂寥的光阴

奋力往屋脊上飞

往人性的善恶里飞

往光与影纠缠的虚幻中飞

它振翅飞翔时

呼啦啦撕开天幔

呼啦啦拓开大地的辽阔与旷远

它飞来飞去

飞去飞来

钻进钻出这副皮囊

就像一道道闪电

就像爱神射出的一支支冷箭

在广袤的旷野里闪着寒光

它倔强地飞翔着

利爪提风如仗剑前行

置风于翼似策马奔腾

并创造出一个个本性的我

痴癫的我

在幻象中不断重生的我

它飞临一棵树

那棵树便昂首挺立

它飞过一片死亡之海

那里便有了不羁的生命

它有着高贵而又亮丽的羽毛

虽不是太阳不是星辰

但一样的光彩夺目

它始终飞翔着

四处扑腾着
点亮我的世界
但这只飞来飞去的鸟啊
却又在倔强的飞翔中
多少次放任
我的沉默和悲伤

        2017 年 11 月 28 日

弈

挑战

塑成对立面

无须回避

生活让长思之手

仔细掂量

一局棋是一张网

最怕把一着不慎

投进人生

2016 年 11 月

一片叶子

飘来一片叶子

金黄的

一片叶子

布满经络

如粗粝的手掌

重重地击在

岁月迷茫的轭上

捡起来

一缕如烟的往事

却沉重如苍鹰

折断的翅膀

1996 年 11 月

时光流逝

从懵懂少年
蹚过青涩的时光
我不曾懂得生活是什么
只知道时光在流逝
梦想在迢遥的远方

由愤青学子
徜徉青春的殿堂
我未能读懂生活是什么
只知道时光在流逝

远方在崎岖的路上

以热血男儿
跋涉安身立命的他乡
我未能悟透生活是什么
只知道时光在流逝
乡愁却如野草般疯长

如今我两鬓染霜
在梦的荒原上彷徨
只看见老树在岁月中静立
而时光已飞逝
落叶在风中飘荡

2020 年 8 月 14 日

在一个冬天的晚上

在一个冬天的晚上
冰冷的北风用肮脏的手
不断拉扯行人
并把满地秽物向空中抛撒

一群人行色匆匆
街灯迷离的眼打量着路面
他们东倒西歪的身影
被昏暗的灯光拉得很长很长

不知道他们是谁

但显然被一股强大的力量

肆意地驱赶

而且还在被魔术般地掠取

他们的血汗甚至尊严

有人悄悄地告诉我

掠夺者名叫"金钱"

它被打扮成美女的模样

露着一张迷人的脸到处游荡

就像丑陋的风无孔不入

坚利的指爪攫取了整个世界

这个"美女"十分妖娆

没有人注意到她的后台老板

有人说她的老板叫"资本"

也有人说另一个叫"特权"

他们躲在黑暗里纵情享乐

这个"美女"被推上前台

争夺的戏码日日在街头上演

他们则躲在背后狞笑

让"美女"施展她的妖术

就像这无孔不入的风
抓住弱势人群供他们奴役

金钱本是勤劳智慧人家的女儿
朴实可爱出自天然
却叫"资本"和"特权"绑架
又被投机取巧和食利者蒙骗
成为助纣为虐的巫婆

这是一个冬天的夜晚
冰冷的北风在张牙舞爪
满地的秽物被抛向了空中
街灯下的行人看上去非常渺小
很不幸我位列其中

2016年于萍乡

故 乡

别奇怪，我以眼睛为舟，把日月情怀渡到心灵的彼岸。

我固执地以为，我眼中的世界才是我的祖国，那不是别人能统辖的领地。

我把目光所及都交付于心灵，尽管我目光短浅，却畅游得深沉。

我热爱虎踞龙蟠的大别山，每个炊烟袅袅的村庄，都挺立着几棵高大的树。

我留恋长江之滨的红色沃土，在光阴里辗转不眠时，便驻足田畴起伏的倒水河畔。

我把洋澜湖的波澜收藏在心底，把浠河的水灌溉在心田；

我在五祖寺感悟过人生，在龟峰山痴迷了漫山的杜鹃。

耳畔的乡音是最动听的音乐,眼底剪不断的乡愁是最贴心的画卷。

我不怪富士山离我很遥远,更不在意地中海的风情多么烂漫。

我的祖国就在这里,在生命最初的纯粹里,一花一叶都浸透着眼泪!

2019 年 2 月 27 日

中秋遥寄

总是一再地,一再地,仰视天空。

总是一再地,冥想着,默然无语。

总是想伸出双手,捧住——

那从遥远又孤寂的宫殿,飘来的温馨的光焰。

而如缕如丝的月光,却偏要筛过桂树的琼枝,才降临到我的心里。

我被横斜的疏影刺伤,往昔不曾注视的疼痛,此时恣意穿透我的躯体。

此时啊,是谁倚在窗台,又是谁伫立在陌头?

此时啊,有多少泪眼婆娑,留下千年难以拭去的泪痕。

此时啊,纵使千山万水阻隔,我依然能够看见你!

我想去某个地方

我想去某个地方，一个被四季追逐的地方。

阳光挽着我的臂膀，一路留下淡绿深青金黄的足迹。

我努力跟上风的步伐，不让自己跌出蓝天的视线。

殷红的酱果骑在风的背上，风雨的呐喊不时在耳畔回响。

我追呀追呀追呀，一道道褶皱的力的弧线伸向远方；

我追呀追呀追呀，一垄垄良田美池的欢欣闯入眼眶。

与溪谷携手，村庄向我靠近；与光明同行，晨曦拉开烁金的门庭。

我听见森林在歌唱，河流在歌唱，草地在歌唱，喜鹊们在屋檐啁啾。

我是此地的国王:天高地迥,阳光灿烂,风雨安详。

我张开怀抱,用期待与欣慰的目光,迎接这片土地的子民;

我呼唤山雀和田鼠的名字,为它们祈祷,并且不再孤单和寂寞。

决不放弃

我可以放弃真理,就像个观棋不语的君子;
我可以放弃光明,即使羸弱的身躯困在黑暗中瑟缩;
我可以放弃钱财,哪怕仅有一丝寒风侍养着灵魂;
我可以放弃争辩,任凭虚情假意裸奔在夏日的街衢;
我可以放弃选择,纵然身为囚徒供人吆喝驱使;
我可以放弃青春,怀抱孤独奔走在落寞的荒原;
我甚至可以放弃生命,就像草木枯萎,秋天被人洗劫殆尽。
但是啊,我决不放弃心中的梦,决不放弃仰望夜空的星辰!

我爱上了风雨打磨的世界

路不平坦,被肥的瘦的傲慢的脚步践踏得坑坑洼洼;
时光不平坦,被人分割强占,而支离破碎,浑浑噩噩;
河流不平坦,在奔腾中跌落成瀑布、成波澜、成喧腾的浪花;
但我看到农夫抡起镢头,扶着犁耙,在平整他们的土地;
看到打磨工在磨床边,用粗糙的手,磨平坯材上的毛刺;
看到修路工开着沥青摊铺机,在修补填平道路上的凹坑;
看到大雨滂沱,洪水如猛兽冲刷着堤岸,推倒了高墙;
看到惊风掠过起伏的山峦,把高处之物席卷到低地。
我因此爱上了风雨打磨的世界,爱上了这个到处不平而又被勤劳、诚实和天道追逐的世界!

我家庭院

砌几道砖墙

将喧嚣阻隔在外

有萧萧翠竹扶墙

青枝招摇

挥去院外尘埃

两棵葡萄树

高扬着把虬枝伸展

明亮的阳光

从枝条的缝隙间

一片片筛进凉亭

写一地疏影斑斓

多事的煦风

偶尔也挤进小院

摇一摇挺拔的月桂

散落馨香的花瓣

几株青葱的金橘

静静侧立一旁

就像亲密的伙伴

一畦瓜蔬碧绿

几蓬豆荚的青藤

俯腰爬向窗台

晶莹的晨露

悬挂在蛛网上闪烁

让泥土的腥味

也带几丝清润甘甜

摆几把竹椅

沏一壶清茶

草坪虽不大

却密实如茵茵绿毯

小狗欢实如仪

间或迎来旧友

禅坐手谈

再养一池清水

植几株清莲

让高擎的荷伞

护两三茎莲花

看小池深深里

游鱼之乐

拨动笔底波澜

呵，我家庭院多美

从红尘归去

独享静雅

轻闻花蕊上的幽香

聆听鱼儿呼吸

或在一杯浓茶里

咂摸悠悠往事

且不胜过广座里高谈

2016 年 10 月 26 日

暮色中的茶香

喝茶，一种默契
渐已成必然

自从绿的茶叶与白的开水
有了热烈的拥抱
茶香便氤氲弥漫开来
那馥郁的味道
像一条绛紫色的小溪
在岁月中流淌
也像微醺的月光

覆盖在身上

我们都将在暮色中
骑上一匹孤独的拐脚马
不可避免地走近
沙漠的边缘
一口茶香
是一声浸润已久的召唤
余味绵绵
谁都不能放弃

一碗茶冲泡已久
你喝着或浓或淡
今后或只能添上一些白开水
无论多少次
我们积攒一生的底色
总能泡出滋味

2016 年 11 月 22 日

山巅的宝塔

是谁建造的宝塔
高耸于崇山之巅
每天被有意无意的目光
倏尔之间撞见

经年累月中
宝塔默然静立
每一注投来的目光或长或短
都能在祈愿中网住尘寰

我终于明白是谁在瞭望

还有多少执着的目光

自觉或不自觉地

滋养耕种这一方土地

宝塔看似近在眼前

其实离村民很远很远

而生活就在远远的守望中

多了些踏实与坚持

        2016 年 11 月 4 日

中秋游武功山

沿着洇湿的石阶

拾级而上

武功山

以高耸之姿

把虔敬之心考验

有清香劈开云雾

渗汗的额

直触苍穹

喘息嘘吁

在俯仰之间

奋力向上
仿佛身披云裳
手挽飞瀑流泉
嫦娥奔月
是否也是这般

其实童年的梦
一直奔流在血管
仙天有路
可否借此登临
对明月的痴恋

直挺挺的累
终于撞开
浓浓的山霭
须臾有清凉萦绕
天光乍现于山巅

几株苍松
端立于巅顶的草甸
就像圣徒

接受时空的洗礼

静穆肃然

啊，天庭何在

一种旷达的气息

随白云舒卷

我在寻找

我来的世界

今夜势将无眠

2015 年 9 月 15 日

感恩时光

时光与我们携手同行
贴紧我们的生命,呼吸与共
时光永逝,脚步匆匆
它从不许诺就直奔未来
它有多少秘密
就一路敞开多大的胸怀

感恩时光,在此刻
在猜不透的永远的前方
时光的列车铿锵有声
把风、把雨,把光影与色彩

把最美的山、最美的水
漾开在我们的世界

就像蜜蜂采撷过迎春
又去采撷玫瑰和紫罗兰
生命永远焕发在时光里
当我们一路凝视与触摸尘世的时候
这慷慨、深邃与不断变幻的奇迹
正是生命的追求与信仰

我们一生与时光作战
时光永恒，我们也不会失败
时光的列车飞驰向前
只要它铿锵有力的节奏里
有过我们的声音
时光流逝就没有什么可怕

不要妄言我们来自尘土
其实我们来自永恒的时光
当我们垂垂老矣，不再期待
我们的生命被时光带走
那也只是进入时光黑洞暂且休息
时光永恒，生命不朽

秋日的祈祷

太阳啊，屹立山巅的太阳！
你给了我无垠的天际、辉煌的殿堂，
我的心啊，就像那宝塔和高楼踮着脚尖，
就像大地弥漫的芳草，铺展到了迢遥的远方。
太阳啊，扶我于山野丛林的太阳！
你智慧的光芒照耀在我的身上，
赋予了我明亮的眼睛和沸腾的热血，
我是你吟诵的诗吗？还是你放飞的梦想？
太阳啊，燃烧了我生命的太阳！
你铿锵豪迈的脚步，已登上秋日的台阶，

请不要仓促沉入寂寥的山坳，

也不要匆匆潜进大海幽冥的波涛，

我请求你再给我一抹落日的余晖，

让我在金秋的大地踟蹰、徘徊、惆怅！

我无意收割你金灿灿的田野，

只是想啊，只是想做只捡穗的小鸟，

在瑟瑟秋风中品尝一口

为你喷薄的激情酿进稻穗的浓酒；

只是想啊，攥一把冬日御寒的火焰，

借以虚度往后那雪花纷飞的漫漫时光！

2019 年 10 月 20 日

扪心自问

当我们走进成年，
走出了清纯稚拙的年华，
就再也没有，
比童年更贴近大地的时光。

是谁在我们周围嗥叫？
是谁让我们肆无忌惮地追逐？
最终却把魔鬼供奉在灵魂深处，
一步步迈向地狱之门。

生活啊,为什么?
在我们自以为懂你的时候,
却在一个拐角处,
看见自己懵懂的表情!

梦见自己是条鱼

梦见自己是条鱼，
被一阵刺耳声绊了一跤，
重重摔在庄子途经的车辙里。
呵呵，一条涸辙之鲋！
幸好遇上一场瓢泼大雨，
我竟然躺在一个澡盆里游弋。
小花猫在一旁摆弄梅花爪，
几只老猴用脊背蹭着铁笼子。
我习惯性跃出水面，
吐出一圈泡泡跟它们嬉戏。

又努力想象长出一双翅膀，
因为我很幸福地看见了星星，
星星们都是长着翅膀跳跃的鱼。
这时庄子撒来一张大大的网，
把我和星星们网在一兜里。
却不承想，我赫然瞥见，
餐桌上一条鱼的脊刺。
庄子冲着惊诧不已的我说：
"子非鱼，焉知鱼之乐！"
我嗫嚅着："……我，是鱼？非鱼？"
奉献了美味的鱼疑惧未消，
竟然鳞光闪闪躺在渔夫的晒场，
欣然接受阳光暖暖的照耀，
眼里流淌出白花花的颗粒。
"盐，盐！"一个声音惊悚叫起，
接着，鱼在油锅里竭力翻动身躯，
我拼命想说话却怎么也说不出，
惊醒的我，早已大汗淋漓。

2019 年 11 月 3 日

教 师

以夫子为尊

驾辚辚牛车而来

从庠序之教

到蒙馆书院

而今走进这琅琅书声的校园

在中华文明的史册上

一路传承

早忘记"臭老九"的伤痛

三百六十行里

用知识作犁铧

耕耘三尺讲台

擦擦写写

情若农夫

无论土地瘠薄还是膏腴

精耕细作的至诚如山

相信一分耕耘一分收获

殷切的目光如炬

蓄满丰收的企盼

希望很多

负荷很沉

总是在辛勤的汗水里

品尝甘甜

纵然白发催人老

面前有太多的挑战

殚精竭虑

不改拓荒的信念

三尺讲台

其实很高

高过民族的脊梁

却从不曾想过垫高自己

俯身为梯

直立为烛

甚至挤出奶、挤出血

吐尽了丝

又何曾计较甘苦与清贫

一生都在平凡里

以躬耕的姿势

托起灿烂的明天

2016年教师节

做一棵桂花树

从今天起

做一棵桂花树

在这里

轩昂而立

舒展葱茏的手臂

揽馨香入怀

随秋风乍起时

向行人

慨然挥洒

满袖的馥郁

不去想

流溢千年的

桂花酒的香醇

且放下

明月中的心事

只做一棵树

一棵缀满

繁星般花蕊的

桂花树

以静穆的坚持

倾吐幽香于天地

虽非桃李

也下自成蹊

2016 年 10 月 10 日

早 行

早晨,太阳下每根旗杆上,
都挂满珍珠似的露珠;
而每一颗晶莹的露珠里,
都有一个我。

如同千年古井中,
浸润一弯新月。
天高云淡,
我心澄澈并不胆怯。

我望向寰宇，
像一柄醒目的宝剑。
晨曦啊，把锋利的芒搁我眼里，
要我仗剑而行！

华北平原的雾霾

车过久违的黄河

猛然惊见

铁灰色沉重的天幕

以雷霆万钧之势碾压而来

高铁啸叫着

一头楔进天与地的夹缝

就像倏尔钻进了

昏暗又幽长的深山隧道

洪荒般的雾霾

在辽阔的平原弥漫

像盔甲一样沉重

它掠过高楼踏过田野

如塌方般填埋了时空

蒙住了眺望的双眼

还踩踏在人们的胸膛和额头

把窒息和恐慌

硬生生摁进人们的脑海

真的难以想象

这浑浑噩噩的雾霾

是怎样地带着魔鬼的面具

用肮脏的黑手

涂鸦了太阳的脸

偷走了人们的梦想和蓝天

鸟儿被迫收敛起翅膀

因为它已无处飞翔

我早已喘不过气来

而垂死挣扎的雾霾

还在昏天黑地地咆哮

祖国啊,我真的很担心

沦陷在雾霾里的人们

将要如何熬过漫长的冬日

又将如何播种来年的春天

2017 年 1 月 17 日

白城的冬天

白城的冬天
冰雪的世界没有尽头
粗野的北风
蘸着漫天雪霰
用它惯用的狂草
在苍茫的大地上
重重地写下寒冷

这个冬天我栖身白城
北国的寒冷盛产孤独

孤独是酒的主人

可惜我今生与酒无缘

孤独便像荒原上的一匹狼

从我的行囊里跑出

把我噬咬得遍体鳞伤

这令我特别想念江南

想念扬扬洒洒的雪花

在游人的嬉闹声中

静静地飘落桂花树上

一半刹那消融

一半挂在青枝碧叶间

温润又晶莹透亮

2017 年 1 月 25 日于吉林白城

宿山村民居

这是什么地方
太阳用金丝彩线
编织的花篮
盛满我们的喜悦

我们不争短长
它掌握在时光寂静的手上
我们不争空气
它就在旷野
供人们自由呼吸

这里有风有雨

有悠悠白云

你可以吹灭一盏灯

但没有谁能吹灭

天上触手可及的繁星

今夜月光多美

今夜月光多美

就像少女如瀑的秀发

在潺潺溪流里浣洗的秀发

弥漫着星星的光泽

多想牵着月光走向婚礼的殿堂

为何不能做我的新娘

春天的少女夏夜的少女

为何不能做我的新娘

我不要晨曦的王冠

只要乌黑亮丽的发丝

缠绕在臂弯上

这皎洁的明月

这高举宁静的灯

这幽梦的女王

在一泓清溪里摇曳

抖落片片寂静

让我轻嗅着贪恋着

心灵深处的那瓣馨香

浠川二月

冬已依稀,北雁南归
凝望已久的天空
呈现出水晶般纯净的蔚蓝
我听到了春天的脚步声
她笑盈盈地朝我走来
真好,浠川二月的乡村
小草拱出了泥土
鸟儿们欢呼雀跃
熏风挽着绿莹莹的光芒
飒爽地吻过我的脸

又俯下身去

品尝滚滚麦浪的滋味

2020 年 3 月

春日小游

这是柳叶新生的日子
在这个季节
在纯净的蓝天下
谁不是春风扑面的宁馨儿

听,那轻轻荡漾的声息
虽不是溪涧流水潺潺的吟唱
却早已在人们的心底
找到了归流的海

鸟儿吱溜一声飞去

春风啊，徜徉溪畔的少女

你为谁唱这般温柔的摇篮曲

我不去寻天边那片蔚蓝

只想逗留在你的裙边

2020 年 4 月 18 日

挂满露珠的早晨

一个春日的早晨

一缕阳光穿透莹润的新绿

我听着小鸟啁啾的歌声

啊,多么美妙

树上长满我的嘴唇

我却不知道是啜饮还是亲吻

2020 年 4 月

寂寞有绿色的闺房

寂寞有绿色的闺房

在一张空蒙的大帐之下

她常与青山对坐

与淙淙流淌的小河对坐

与一棵大树一片蓝天对坐

我回忆起去年的秋天

秋风瑟瑟

太阳扯起血色旗幡

被认作女儿的那团如絮的云朵

在瓦蓝的天空与我促膝相谈

随后我被夜色吞没

寂寞是夜幕下的一场幽梦

浅浅地埋进潮湿松软的泥土

就像一枚亟待发芽的种子

头顶着春天五彩的光环

而孤独呢孤独

是一觉醒来

坚硬的冰层下阴暗的囚牢

令人恐惧

孤独啊长久的孤独

会把心变成一块岩石

致城里的朋友

朋友,捡一枚绿叶

就可以

打开春天的大门

就可以穿越清澈的甬道

走向一片高歌的田野

风是自由的

阳光是灿烂的

山川坦荡而迤逦

来吧,手挽手一起往前走

走进烟霞笼罩的村庄

有苍鹰从头顶掠过

此时,你可以想起秋天

想起金黄的稻穗

和饱满的谷粒

可以呼唤狗狗和山雀的名字

为它们祈祷

并且不再孤单和寂寞

2019年10月5日

山　泉

我愿意守护这汩汩清泉

愿意这样地终日笑口常开

多么爽心的甘泉呀

一丝丝、一缕缕

汇成欢腾不息的小溪

溪畔那盛开的葳蕤的花丛呢

雏菊、蒲公英和蝴蝶兰

就像笑意萦绕在少女唇边

我愿意一辈子在这里

聆听情人叨叨絮语

我甚至愿意被锁进深山

历经幽暗和千万重的重压

然后奋力淘漉出

一颗澄明透彻的心

像这样潺潺汩汩絮语绵绵

呈献给焦虑已久的人间

登鳌峰山

不知不觉的南国秋日
鳌峰山横陈在我的时空里
它被一条玉带似的潮人径环绕
被无数健步而行的双足环绕
被青春与健康的祈祷环绕
也被我謇行的脚步环绕
当然我是把我走过的所有的路
一寸寸串连起来
才抵达这鳌峰山前
这该是一条多么绵长的藤蔓

它串起了多少瓜菰蔬果

羁縻过多少风雨云烟

也跨越过多少沟沟坎坎

自长江之滨迢迢于这南国的边陲

我的那些隐没浮尘中的脚印

该有多少秘密剀切难言

五十多年的踪迹啊

追寻到此，鳌峰山

并不是有多么高耸令人景仰

却让我奔波于尘世时暂且偷闲

不知是岁月匆匆停不住脚步

还是人生俯仰在一念之间

看那风那雨那阳光璀璨

谁又能掰得开天地的情缘

不去把那些偶然与必然分辨

我且受用这份难得的悠然

阳光如云雀穿梭于树丛

流岚把我收容在静寂的榕荫里

清风飒飒若隐若现

不时令万物摇曳生姿

九里香和白玉兰也为我击掌欢呼

我轻喘着踽踽而行

顺手折一茎椒木嗅异域的味道

又采撷紫薇木棉制作桂冠

只是不知道

这绕山多少次的修行

才能直抵山巅

领略一回独占鳌头的风景

2017 年 10 月 28 日

信 念

别问我是谁,你只须知道

我来自深情的土地

我是从泥土里拱出来的

一道向阳的风景

我在泥土里浸泡了一整个冬天

一个苦寒阴暗的冬天

一个咬紧牙关撑着希望的冬天

没有谁能怀疑我的勇气

我与生俱来的力量与坚韧

断然拒绝了黑暗的羁縻

努力拱出一个豁然开朗的世界

并顽强地站住、挺立

迎接八面的风，搏击四方的雨

别以为我常在风雨中哭泣

那是我为了光明把天空擦拭

我向往蓝天的浩瀚

热爱大地的绚丽

我顶天立地迎着风雨和阳光

就像一艘漂洋过海的船

在季节周而复始的轮回中

披星戴月，一路前行

把有限的生命渡向永恒

2017年6月

向晚漫步

牵着缥缈的影子

漫步在向晚的河滩

那南国说来就来的雨呢

说去就不见了踪影

锦江哗哗的流水

被夕阳浣洗得波光潋滟

放眼河堤茂林修竹

远处山峦起伏连绵

郁积的云在天边飘散

晚风悄无声息挂于树梢

不知是在守候还是在瞭望

此时暮色苍茫愈来愈近

丛丛暗影纷至沓来

我将沉寂于夜的深渊

前方窗户透出一丝光亮

今夜注定荒凉又清冷

但有千里相随的梦

追逐秋声伴我入眠

2017 年 10 月 17 日

恩平的冬天

恩平的冬天
一不留神窜来一股北风
它疯狗似的嗅着汗臭游荡
用粗暴凄厉的怪叫
撕碎绿色的树丛和宁静的夜晚

我蜷缩在北风的淫威里
向无边的黑夜祈祷
慈悲是冬天的颜色
封冻在心中的火焰

冰冷而又沉重

追逐、扑腾、噬咬

一声声穿透时空的嘶吼

还在肆无忌惮地拓展它的疆域

逼进每一个空隙

摧残善良人的心扉

我被裹挟得如此严实

但我不会说出这个冬天有多冷

因为我知道

比北风更疯狂的

是人性的贪婪

2017 年 12 月 10 日

别锦江

站在锦江岸边

河水滔滔何曾理会我

我亦不去牵手垂岸的枝条

来一场杨柳依依的惜别

岁月不过是脚底下的一条河

无须问是谁日甚一日销蚀我的容颜

世间事除了日月星辰亘古不变

还有什么不像草木一样枯荣

身下那一串串看不见的脚印

仍在向前检视生命中的万水千山

这就够了，身上落叶飘飘

就像抖落尘埃

更何况叶落归根，腐烂成泥

还会供养出又一片新天

我生活在并不干净却珍贵的人间

奔波在风雨逐梦的途中

只要双脚依旧野草般踏实大地

哪还在意前方是否风雨凄迷

只是锦江啊，为何也这般奔流不息

如果能让你安歇

我愿饮尽这一江之水

2017年12月18日

听 雷

我看着宇宙,像一座巨大的教堂,
我看着它静穆的金色大厅,
钟声悠悠,万物为子民。

我看到上帝春风般的仁慈,
它用纯洁的阳光哺育众生万物,
人类却祭之以动物的尸骨。

我看到尸骨残渣四处抛撒,
看到污水横流和可怕的死寂,

我因此并不惊骇突如其来的电闪雷鸣。

我听到沉闷的惊雷从天而降,
《骤雨将至》的歌声嘶哑地响起,
而生命如闪电抽打的陀螺。

我从人类惊恐的脸上知道,
宇宙之钟的每次撞击都是一声惊雷,
而一声惊雷就是一次灵魂的洗涤。

         2017 年 6 月 16 日

夜过玉门关

到了什么地方？这么晚了。
奔驰在千里河西走廊上的火车，
疲惫地喘息着的火车！
我不再回味黄土高坡的荒凉，
只把根植于脑际的玉门雄关，
一遍遍搜索、一次次凝望。

暮色低垂，夜霭深沉，
我已无从瞥见戈壁瀚海的霞光。
只听有人念叨玉门关到了……过了，

车窗外秦时明月依旧,

显然长星乱落、月光不够皎洁,

但足以把我带到历史硝烟中的万里疆场。

我仿佛看见骠骑将军矫健的身姿,

看见左宗棠率部齐唱春风度玉关的豪爽。

脑海中亦闪过张骞苏武手持旌节,

闪过岑参高适金戈铁马的吟唱。

谁说春风不度玉门关呢?

依稀千年的历史传奇,

该有多少人从这里侧身经过,

又有多少前人的功业与怨叹,

在此湮没于历史的滚滚黄沙中!

啊,孤城遥望的玉门关,

西风吹梦的玉门关,

梦魂犹在的玉门关!

纵然是霜鬓愁得无人识,

被火车喘息的飞声卷进这玉门关,

也该是一次"一声嘶入"的豪情吧!

凭啥说"老厌玉门关"呢?

我喜欢长风飞渡的戈壁瀚海,

喜欢绿洲上高旋的大雁,

喜欢羌笛声声、驼铃在耳,

喜欢马踏千里草原的放纵与烂漫！
那大漠孤烟与长河落日的雄浑，
早就在我心中激荡澎湃。
既然岁月交给我一副行囊，
我为什么不朝玉门关挥挥手呢？

不知不觉，长天欲晓，
姗姗迟来的大漠晨曦，
把我从达坂城姑娘的轻歌中拽下。
积雪中的乌市火车站人来人往，
我孑然站在陌生的怅惘里，
全然不觉朔风凛冽的大刀，
猛然挥向我寒碜的脸！

        2018 年 3 月 20 日

博斯腾湖的太阳

啊，太阳，大漠早春的太阳
正用黄金般的光芒
读着生命的惊喜与勃发
读着春天如丝如缕的向往
读出一条通往丰盈的绿莹莹大道
啊，太阳，博斯腾湖的太阳
炯炯的眼神里也读出了我
读出一个来自远方的朝圣客
湛蓝耀眼的心情
这莹润而美丽的季节

这戈壁黄沙、这蓝天绿水
这红柳芦苇枯丛中飞掠的群鸟
谁不在膜拜这带着青草味的光芒呢
啊，太阳，年轻而甘甜的太阳
此刻，我只想做一只洁白的天鹅
吃一口博斯腾湖畔的青草

2018 年 3 月 28 日

游天山天池

这山峰耸峙的天池
多像叫爵的一樽高脚酒杯
盛着一池玉液

这高挺着孤独的酒杯
这泛着酒香的清泠泠的光芒
莫非就是千年之前
被诗仙高举在天山上的月亮

我仿佛看到狂狷如风的李白

端详着醉意淋漓的月光

那飞珠溅玉般的飞瀑流泉

正是他倾入咽喉的佳酿

此刻在这樽峭拔的高脚酒杯前

我也想要倾心一醉

想要与万里长风一道饮尽

飘荡在云海间的苍茫

2018 年 5 月 16 日

致苍鹰

苍鹰啊，翱翔的苍鹰

你凌厉的盘旋让我颤抖、让我惊惶

我是不是你寻觅的答案

人间路荆棘丛生

大地迢迢

到处是篱笆和围墙

苍鹰啊，高傲的苍鹰

你多幸运

你的家园多辽阔、道路多宽广

你足驭风云

置河山于铁爪之下

命运可以放心托付给高翔的翅膀

苍鹰啊，人间天上

你是不是我前世的冤魂

今生的怨怼

蓝天浩瀚，波诡云谲

为何在你的双翅之上

有我的泪痕

2018 年 11 月 11 日

在那拉提草原

春天脱下鞋子

赤脚走过人间

多么美好的人间

一抹鲜妍的绿铺展在眼前

太阳是生命的坐骑

我策马向前

一个个自由而质朴的生命

纷至沓来

我拥抱着它们

拥抱着鲜花、绿草和云朵……

真好世界有我

多了一张深情的歌喉

我有世界

有梦有诗有爱

2018年5月5日

赛里木湖

汽车穿山越涧

如穿透时光黑洞的骏马

我驻足在青春面前

双目炯炯

啊，赛里木湖

盛满冷涩光阴的浴盆

蔚蓝的天空之上

那悠悠白云

该是多么柔美的浴巾

飕飕凉风吹来

吻过漫坡的鲜花绿草

一大群人仰面躺下

像是觐见刚出浴的女皇

我与云杉相亲相爱

倚立在山巅眺望

山上岑寂千年的石头

不再是孤独的守望者

2018年5月4日

我把自己弄丢了

呵呵,我把自己弄丢了
丢失在朔风凛冽的西北边陲
浑然不知我是谁的子民
我的每一寸光阴都被人买去
没有星期天、没有节假日
也不知道还有选举和被选举
更不知道家乡的父母官是谁
就这样我四处流浪
从东南到西北,天地苍茫
我不知道我浪迹在什么样的人间

当然，我喜欢陌生

喜欢陌生的山陌生的水

喜欢陌生的城市陌生的人

喜欢陌生蜂拥而至的感觉

其实，我喜欢陌生

不过是希望在山川异域找回自己

我趔趄在被风雨洗礼的世界

浑然不觉我践踏着世道的不平

也践踏着自己的命运

我只顾嗅着陌生的气息

就像一条流浪狗

勤奋地嗅着路边的野草

然后循着无常奔走东西

直到磨刀霍霍的朔风

把我卷进漫无边际的尘沙

并从混沌中拽出一头白发

方才大彻大悟，呵呵

我永远也找不回丢失的自己

最终，将不得不

把一尊沧桑的雕像

丢弃在人间

2018年4月12日于乌鲁木齐

我喜欢的夜

我喜欢的夜是寂静的
在静默中
星星闪耀触及灵魂
才发现这是离天堂最近的时辰
晚风不知夜的深浅
直趋前方影影绰绰的岸
此时卸下白天的盔甲和面具
闭上眼睛
俯卧在星星的梦想里
像有一艘飘摇的船

试图挣脱系在岸上的缆绳

而我终将荡漾而去

去那遥远又寂静的星际

闪着光

专心且执着地守候

黎明的秘密

2019 年 9 月 26 日

一个中学教师的夜晚

我看见树梢在颤动
斑驳的光影从枝间滑落
鸦雀一个满怀就不见了踪影
晚风虚掩了校园的大门
我伸出五指,一个趔趄
触摸不到夜的宁静
漆黑如海的夜啊
就像一只猫头鹰
转动着乌黑贼亮的眼睛
时间如蝙蝠的翅膀

扑棱棱飞来飞去

冷不丁撞击我脆弱的神经

一个淹没在夜海中的人

在炫目的灯光逼视下

时刻都得扑腾

      2018 年 10 月 30 日

渴望一次远行

渴望一次远行

渴望残梦

躲过昏黑的黎明

我想要太阳懒懒地起床

然后悄然挥去

困厄已久的那团黑影

我想要天高云淡

高山大海扑面而来

我不必咬紧牙关

世界不再重门深锁

廓开的旷野里

小桥流水、屋舍俨然

我想要阳光格外灿烂
太阳耀目的光芒
都溶解在血液里澎湃
而满世界里尽是
热辣又惊奇的眼睛
欢声笑语滋养万物生灵

我想要浩荡的风
在心头再系上琴弦
让一份悠然
伸着湿乎乎的鼻子
嗅花朵的芬芳
泥土的氤氲

而黑夜深邃又宁静
月华如歌洒在窗棂
而我，在太阳升起或
沉入梦乡的远方
我只想留下深情一瞥
和几滴清泪

2018 年 10 月 23 日

亲 人

我不孤独

我有我的星宿

我且孤独

寂寂于众星闪耀的天空

是谁发现了属于我的那颗星

是谁为我的星座命名

是谁如苍茫大地的一泓清泉

默默注视我一路前行

能于苍莽之中找到我是哪颗星

这是多伟大的奇迹

并且还用她的光辉映我的光

必定是我的亲人

2019 年 10 月 16 日

走在通往天边的路上

走在通往天边的路上
高山和流水注视着我
星星和花朵也注视着我

我懂得路的虔诚与执着
不介意向岁月深深鞠躬
不介意迎着浓浓的黑夜踯躅

确信一定有一个等着我的人
我是她点睛的那一笔

她是我世界的尽头

我听到万物之声和鸣
树枝在晨曦中摇曳
鸟儿用双翅守护天空

生活如大海涛声不绝
我以沉默面对大海
即使瀚海狂澜朝我扑来

2019 年 8 月

中秋对月

今夜中秋

你在当空朗朗地照

我的影子啊

是你在地上的信笔涂鸦

你冷冷地挥舞纤纤素手

如丝如缕

不带一点温度

跟你说什么呢

说今夜月明人尽望

说举杯邀明月

对影成三人

说人有悲欢离合

月有阴晴圆缺

说嫦娥玉兔的故事

说你借来太阳的光辉

正把人间照耀

可是啊,此刻

无论月光、蜡烛还是火炬

都不能把心儿照亮

照亮心儿的,唯有

那双清澈的眼睛

身在异乡,四顾茫茫

我沾满秋水的身影

今夜注定,被你写成

一地秋凉

我把世界拥在眼里

我把世界拥在眼里，
多么伟大的世界！
山峦起伏，川流不息。
这高山多么雄峻，
大海多么壮阔，
蓝天多么深邃！
这是日出时分，
山林拉起庆典的彩带，
开启新的旅程。
这是日落时分，

乡村在静美的暮霭中沉醉。

时光趔趄着，

徘徊、奔走、隐遁，

拽着我辗转南北东西。

大半个中国啊，

烟柳入梦，

残雪履地，

雾霾裹身。

太阳用刺骨的锋芒，

逼视我的灵魂。

我把整个世界拥在眼里，

只期待世界

容下我的一滴泪！

寄语母亲

啊,母亲,独居的母亲,
我被这个时代交给了远方啊!
交给了摩肩接踵的街市,
交给了荒凉寥落的旅途,
交给了大地的蚁群和长空的雁阵。

啊,喧哗的岁月,请善待他,
请用春风抚慰他,让阳光拥抱他,
给他潺潺流淌的小溪,给他星星、月亮,
为他生长树木和兰花草,为他盛开花朵;

让他邂逅忧劳困倦也邂逅欢乐甜蜜，
让他在辗转不眠时找回自己。

啊，母亲，独居的母亲，
您不必把我想念，也不要感到孤寂，
在窗前落叶归鸦的形迹中，
在云里雾里风里雨里，
您到处都可以看到我的身影！

          2019 年 9 月 26 日

在人间

河滩上的一枚鹅卵石

它从何处来

被推挤滚动了多久、多远

一枚鹅卵石从不孤单

它身旁静卧着无数的伙伴

也许是相互搓揉得累了倦了

身上的擦痕锈迹斑斑

鹅卵石啊,人群中

我感到幽闷和惊惶

我是不是河滩上的一枚鹅卵石

一条大河横亘在眼前

河水喧哗着从远方奔来

滔滔不绝的喧声里

透着高山雪水的寒凉

影 子

生活向着阳光

便迎来了一道影子

我热爱这忠实的伴侣

它追随我,恪尽职守

如此轻盈,如此默默地

为我讲述阳光背后的故事

影子啊,沉默的影子

凝神静气的影子

这安详的花朵

盛开在斑驳的生活里

迈着蹒跚的碎步

拉长或者缩短

都是与阳光邂逅之后

构筑的孤独的城堡

人与人

夏日，太阳如此辉煌
阳光，像巨大的一窝马蜂
利箭般嗡嗡飞出
没有人不被它蜇得遍体鳞伤
涂抹了防晒霜又能怎样
还是快些躲进树荫下
做一个吃瓜群众
那些野外劳作的人们
被剑戟般森然耸立的光芒
困在腥臭的汗珠里
他们是太阳捕获的猎物

2019年8月8日

夏日漫步榕荫下

风从榕树的冠盖上来
一个摇曳的瞬间簌簌轻响
一大摊斑驳的黑影
筛落又被轻轻带离地面
倏尔无数只振羽的青鸟
由近而远又由远而近
牵动榕荫如清纯少女
深深翕动的鼻翼
比幽幽深潭还要深
它使我深呼吸,幸福地深呼吸

我无比贪恋着这一刻

在七月烈日的蒸煮中能饮到

夏日之杯中的一股清泉

2020 年 6 月 11 日

炎夏之夜

太阳收敛了光芒

炎炎烈日下的世界

终归于岑寂

一切都走进了黄昏

除了劫后余生的我

还有风和这座城

月光的面纱垂落下来

桌椅也嗨出了街面

人们一副轻快的模样

袒胸露背、招摇过市

夜霭下的亲昵不再羞怯

一双双顾盼的倩影

很殷勤，也很迷人

空气中飘荡着嘈杂的絮语声

凉爽的风吹拂着

——真好，夏之夜

一个燠热的夜

聒噪而不荒凉

我流连于这劫后人间

天上明月高悬

群星闪烁

人们仰望着它们

但不曾膜拜

2020 年 7 月 8 日

幸福是窗前那只鸟

幸福是窗前那只鸟

那只啁啾的鸟

穿透我的躯体飞翔

悠然而又笨拙地飞翔

飞出美丽的弧线和动听的歌曲

我看着那只鸟

就看见了内心的天空依旧宽广

就看见了那只鸟沿着彩虹的航迹

飞临它心爱的湖泊和青草地

——我涵养在心田的湖泊和青草地

愿伴风雨而生
愿心灵与植物一同生长
愿小鸟和我一起幸福
并且永远永远
栖息在我心中的湖泊和青草地

游英德南山

我喜欢这并不高耸却峭拔的山岭
喜欢这千年古寺串起的幽思
喜欢前人留下的摩崖石刻
喜欢山脚下静静流淌的北江水
喜欢纵目望去的田园城郭

在这里阳光停驻在树上
就像清澈的流水被堤坝阻拦
翁翁郁郁的树是阳光多么和谐的居所
我叫得出杜英、木棉和大叶楠

风摇动树的影子
让我看见了时光的千姿百态

在这里岁月留下斑驳的刻痕
熏风在古寺荒径间浩荡穿越
千年古寺两端走着两个人
我与先贤苏轼打此走过
一个题刻留下芳名
另一个被勾起思绪绵绵

此时一只叫不出名字的鸟
倏尔一下飞来
又吱溜一声不见了踪影
纵目四顾唯清风、古寺、阳光
与寂静永恒

2020 年 1 月 11 日

校园之夜

夜啊静些再静些

时光的剧场这般精彩纷呈

我没被夜色遗忘

星星和月亮也不甘沉寂

那些饥渴的眼

都是我的天空里闪烁的星星

这里是冲刺高考的战场

是主宰期望和梦想的圣地

你只要看看窗口的灯光

就能感知千百个家庭

正梦见幸福和甜蜜

我此刻守护着明亮的窗口

一束束光射向夜的深处

仿佛一只只纤纤玉手迅疾伸出

摘取幽冥之树上的果实

又像星星驾驭着一艘艘小船

朝着苍茫的大海起航

这深沉静谧的夜啊

该是多么美妙的梦想时分

风也悄悄搬出它温柔的摇床

葱郁的树丛不时传来沙沙声响

啊，这翁江河滩的夜

这小城荒郊的夜

请静些再静些

不要挑逗我疲惫的神经

也不要推挤影影绰绰的楼廊

就让明晨的曙光像莹润的雨滴

悄悄洒落在小鸟梦想的双翼

当红彤彤的太阳登上黎明的山顶

那分娩前片刻的死寂

该是多么动人心魄的回忆

2019 年 10 月 27 日

南国秋晨

浑圆的一粒露珠

静卧在紫荆花的叶瓣上

像张着嘴,像举着酒杯

这南国的秋日之晨

阳光的歌声嘹亮

花枝葳蕤吐着芬芳

一条狗眼巴巴在草地上轻嗅

露珠像瞌睡人的眼

睁开且拥抱了晨曦亮丽的光芒

又将这光芒折射了出去

一粒珍珠望向我

用轻柔湿润的唇

一个宇宙望着我

拉长又扭曲了我的脸

在一粒晨露的世界里

风是蓝天扔下的

细细的绊索

我在秋意清浅的小院

驻足、聆听，凝神张望

被悠然一念绊倒在

光与影的汪洋大海

别青春

原想那次分手

就像一场骤雨

折断溪畔的垂柳

怎奈百转千回的路

又拽我到昨日的桥头

那依依挥别的柳丝

又长出一弯新绿

飘飘柳丝呀

何时剪断漫天情愫

款款绿叶呀

何日摇落一树离愁
注定，我们要与青春诀别
注定，风雨的世界依旧
而那份留在红尘中的情缘
任谁也不能带走

月下秋思

太阳啊熠熠生辉的太阳

收割了多少人间冷暖

月亮啊一把磨得锃亮的镰刀

收割着多少情人的夜晚

幽梦啊迷离的幽梦

又将收割多少游子的思念

到处是风儿徘徊的倩影

到处是星辉嘀嗒的絮语

月在人在江河杳然

故乡啊纵然星光辽阔

又哪里经受得了

这般夜色阑珊

看 海

多少回梦想看海——
此刻,我真实地站在海岬,
摇晃着手里的杯子。

大海啊,盛开的蓝钻之花,
请以浩瀚的波涛
把我推送到海市蜃楼之上,
让一颗不能平静的心
透过凹凸的蔚蓝色水晶
睇望在峻峭的崖岸之外。

啊，眨一眨眼睛，
不知道是谁的一滴泪，
湛蓝、浩瀚，望不到边际。
——喝过一口咸涩的水
才发现我是一尾鱼，
是在一个月黑之夜
被天使撒落人寰的星星。

今夜，我就沉睡在
这盛大的蓝色花蕊里！
啊，不——大海啊，
当风暴的旋涡卷起，
我就是闪着钻石般光泽的
一粒盐——溶解在
你摇晃的杯子里。

2020 年 6 月 12 日

火车驶过车站

是谁上来,这么匆匆?
又是谁下去,头也不回。
这是什么地方,我惆怅莫名。
站台上还有人逗留,
还有人引颈张望,
而时间嘀嗒有声,火车就要启动。
汽笛一声,穿山越涧,
它将驶往何方?我惆怅莫名。
我的行囊里只装着一颗心,
迎面而来的是五光十色的风景。

这当然不是一列孤独的火车，
与我同程的都是我的亲人。
前方不知还有多少座车站，
每次停留，心都会被焐热一次。
我要去迎接最后那抹阳光，
继续演绎上来下去的人生。
还有谁会与我擦肩而过？
——时光清浅，大地深沉，
耳畔只有火车呼啸的飞声，
铮铮铁轨兀自伸向大地的深处。

2020 年 7 月 8 日

阳光竖起一陡高墙

阳光竖起一陡高墙

耸立在我们面前

犹如一面镜子

一朵花看到另一朵花

一条蛇看到另一条蛇

一名少女看到洁白的肌肤

老年人却触摸到生命漆黑的底色

没有人躲得了阳光撕下的容颜

也没有人能够穿越这面镜子

当阳光退到高墙之后

当晨曦拉开梦的窗帷

我们已经无法找回自己

2019 年 11 月 14 日

学会沉默

一棵树、一棵傲岸的树

站在那里

站在被高山大河界定的僻壤

站在被遥远的星宿定位的角落

那个贫瘠而神圣的角落

或许正是茫茫宇宙的中心

它看见了风暴和尘埃

看见了飞鸟和太阳的背影

看见了滚滚乌云碾压而来

看见了斧锯闪着冷涩的寒光

但它站在那里无动于衷

我因此学会了等待，学会了坚韧

学会了审视自由的

傲慢和轻蔑

以及领悟生命庄严的

沉默

2021年6月16日

伞

前进，是撑开的信仰！
或遮断骄阳的箭，
或拒绝凄迷的雨丝。
而在人海茫茫的街衢，
你握在谁的手里呢？
必定，经历了一个行程；
必定，向生活进击了一次。
纵然你的归宿，总是
总是紧紧地，紧紧地
拥抱孤独的自己，

却始终深信，

没有谁躲得过，下一场

烈日或暴风雨的来临！

帆

记不清多少个日子

又是谁望眼欲穿

碧空远影的归宿

始终不曾改变

世人啊,别再期待

我有颗顺从的心

因为我逆着风

船儿才会前进

2018 年 5 月 29 日

父亲的献歌

雨过天晴
初升的太阳光芒万丈
谁试其锋芒——
千万把飞刀扎入大地的胸膛

你是春天簇拥的女神
站在高高的山冈
太阳营造的房子送给你
煦风打扫的厅堂宽绰又敞亮

谁为你推开的窗

四月寂寥一片

山花、绿草、溪流潺潺

你可知那条蓝色的小溪

注入了谁的泪水

父亲是一座冰山

昂起皑皑积雪的头颅

那三千丈的银丝

称过了时光的重量

啊，去吧去承受

万物的亲爱和恩宠

阳光洒在路上

梦在双脚踏实的地方

2020 年 3 月

爱的真谛

如果说万物有灵
那么，我知道什么是爱了
而且它一定飘荡在
通往天堂的路上

爱是一切生灵的天性
就像花儿芳香四溢
爱散发着无穷的魅力
给大地温暖和光明

爱就在每个人的身边

如同呼吸和阳光一样真实

即使在看不见的黑暗中

爱也一直坚定地站在那里

在茫茫人海，爱本是奇迹

它用看不见的光芒

穿透一切高墙

把人和人紧紧牵系在一起

爱可以重若千钧

也可以是轻风一缕

爱常常溶解在笑容里

有时也会飞翔在天际

爱是神奇而富丽的宝藏

它不会任人随意拿取

但只要你肯用心去挖掘

就能得到无穷无尽的力量

当爱摆在你的面前

就是一面明亮的镜子

你凝视着快乐、凝视着春天

爱也动情地凝视你了

所以爱是因也是果

爱是付出也是收获

有了爱，生命的火焰不会熄灭

人间不会被魔鬼蹂躏

爱在人间踽踽而行

亲切、沉稳而坚定

在自由的世界里信念永存

爱历久而弥珍

爱是锁不住的，它勇往直前

却也绝不会信马由缰

因为爱有一座小小牢房

让你甘心做它的囚徒

爱光彩夺目，但在现实中

会蒙上雾霭似的轻纱

有时好像被时光稀释

其实爱始终像酒一样甘醇

每个人都渴望爱，拥有爱

爱是风雨迎来的春天

爱是穿透生命的暖意

爱是心灵琴弦上弹奏的乐曲

爱永远高扬着一张笑脸

在有你的世界里灿烂

心灵有窗，天堂有路

从爱出发，一路都是歌声

2017 年春天

生活之歌

太阳总是不辞而别
又悄无声息地归来
时光如此清澈
舟行水上、鸟翔天际
我们畅想着春天
春天温暖的手就伸了过来
我们预约了光明
黑夜里就会亮起希望的灯
我们把远方眺望
一条大道便铺展到脚下

我们弯下腰来

小草也会睁大眼睛

啊，生活，真好

无论我们走到哪里

一路都有星光相送

2018年5月

一颗有生命的石头

一颗出自深山溪谷的石头
一颗在岁月的磨盘上呆立了很久的石头
一颗普通得无人捡拾的石头
一颗历经风雨啃噬被淘出淤泥的地球的碎骨
却头颅一般沉重,散发着饥饿的光泽
我久久端详这颗石头
它锁住了一个坚强的灵魂
不惧怕任何推挤、磨砺和锤击
而且它已习惯于沉默
我不得不尊重它是一颗有生命的石头

2019 年 8 月

远 方

风，在树林里相爱，
又匆匆吻别。
呜呜，为何要去远方？

远方是一扇门，一扇
永远敞开的、空空洞洞的
——门。

既往无法眷恋，时间
说服不了青春和爱情。

远方——被直视的流浪之所。

远方,永远的远方!
泊在远方的那扇——门,
守望着,永远都不会关上。

2020 年 4 月 6 日

等待的人生

我在等二月的风

等三月的雷

等四月的雨

等五月的艳阳

等六月的黎明之后

暴风雨之后……

我将寂寞地等下去

等不是我的意愿

却被春天授予了旗帜

在夏天敞开了心扉

还是秋天挂在枝头的信仰

是冬天发出的誓言

我将坚定地等

——等你

等风云万象中

那个唯有梦知的你

2020 年 7 月

我从你的世界路过

我从你的世界路过
带着温暖的阳光向你致意
你可曾读我懂我
就像读一段写在纸笺上的文字

我将走进属于你的那片丛林
拥趸花香水润与你为邻
请听一听晨钟暮鼓
进而把我喃喃呓语聆听

我已许下一片明媚的天空

已在白云间种下悠然的琴音

小院里也松开了泥土

你是否乐意我在此落地生根

静静的，我的灵魂啊

多希望在人们仰望星空时

月光洒落下来能清晰地

看见我贴近偎依的身影

2019年3月2日

哀 歌

唉，这样多的栅栏

荆棘的栅栏、钢铸的栅栏

闪烁金银光泽的栅栏

日光的栅栏、月光的栅栏

各种嚎叫声音的栅栏

那些目光的栅栏尤其坚固

多么令人恐怖的栅栏

为谁的手打造、为谁追捧

在一个被栅栏定义的牧场

风走不出栅栏的影子

人类走不出羊群的影子

牧羊犬并不与人类亲近

风的欲望就是它的吠叫声

而倒在这些栅栏的背后

是一张张尸骨无存的面孔

我们只能装着看不见

只能身不由己攀援着栅条

木然挣扎而幻想着

一只黏在蛛网上的飞蛾

能飞出栅栏尽头的那扇门

2020 年 10 月 12 日

回乡日记

今日遇见柿子树一棵

生长在黄土高坡的柿子树

我的黄皮肤母亲的儿子

柿子树，铜枝铁干的柿子树

一支画笔在苍茫里挥舞

那曾是多么可爱的年华

而今铅华落尽

遍地是枯槁零落的残阳

覆盖在母亲干瘪的乳房上

柿子树，刚毅挺拔的柿子树

瑟瑟秋风中疏枝劲摇

却固执地将一盏盏红灯高举

照彻干坼的黄土

照耀母亲足肤皲裂的血肉之躯

我打黄土坡上走过日近黄昏

深一脚浅一脚的黄昏

被疏枝摇落的黄昏堆满沟壑

一辆老旧的自行车

碾过山脊下黑黢黢的村落

村前那条千年故道依旧斗折蛇行

我久违的亲兄弟

转眼草草半生，高挂的是心跳

是熟透并不甘沉沦的岁月

我知道啊你有多害怕

从一条道走到黑

2020 年 11 月 26 日

寒风刷过我的脸

一股寒风、凛冽的寒风,
携冻雨和阴沉的暮色,
呼啦啦刷过我的脸。

这张被孤寂迷惘刷过的脸,
又被异乡阴冷的黑夜刷着,
褶皱里蓄满期盼的泪光。

被发行、被归置,刷与被刷
都是一张僵硬的卡片——

没有人在意一张卡片的温度。

或许岁月已记住了这帧
寒风中的苍颜。或许还会用它
刷出一段冰雪后的旅程!

我拥着这张脸、僵硬的脸,
走在冬日的大街。肆虐的寒风
刷着刷着便有了火辣辣的感觉。

2021 年 1 月 3 日

不期而遇

牵手光阴

不期然走近

那个曾经熟悉的你

你却视而不见

你可以视而不见

人间有太多视而不见

不管曾经多么亲密

都抵挡不住

惯于仰视的光阴

我且卑微

怎能惊扰你踌躇满志

就这样擦肩而过吧

愿苍天保佑

不再风声鹤唳

我请风儿擦去昨天的痕迹

这样你不必纠结于似曾相识

而我也安然停留在荒草地

心有风雨

洗涤如新

2021 年 3 月 13 日

光阴湍急

光阴并不吝啬

却湍急如飞瀑

它将阳光披挂在我们身上

像勋章、更像刀枪剑戟

没有人能抵挡

刺进暮色的锋芒更深地

刺痛我们多梦的年华

当晨曦拉开梦的窗帷

阳光扑棱棱栖在我们头上

我们的人生已再一次

遭受了黑夜的碾压

2021 年 5 月 11 日

生命如风怒号

时光拽着我奔跑
挥霍我的青春
我气喘吁吁、两手空空
迎面撞上呜咽的风
禁不住泪流满面

但我不愿黯然归去
不想让滴血的胸膛
匍匐在岁月的皮鞭之下
我要与风结成兄弟

提着带血的刀四处呼号

生命怎肯虚晃一枪
纵然春风不再
夏日匆匆、秋阳短暂
也要让天地间这份悲壮
激荡在冬雪纷飞的路上

2018 年 5 月 28 日

致八旬母亲

东风吹面三月花开

啊妈妈让我亲亲你

父亲是山头的墓碑

你是坡上的枯木

我摇曳着松枝

扑向大山的怀抱

被残梦咬破的手指

捡不尽零落成泥的花瓣

啊妈妈不必瞻前顾后

雨燕剪断了蓝天的脐带

三月是受洗的日子

三月泪流满面

        2021 年 10 月 15 日

雪压在屋顶

秋风瑟瑟转眼半生

凝望已久的天空

不见了

那团洁白如絮的云朵

不知不觉的一天

我发现如此多的花瓣

飘缀在我的头顶上

我惊讶片片雪花

如同寡言的老父亲

悄然弹落在地上的烟灰

母亲啊

您怀抱的炉火还旺吗

我要用一头白发

撑起一个冬天了

2021 年 3 月 12 日

望 秋

这是秋高气爽的时节
骄阳淬炼的浆果
悬在枝头
秋叶殷红的掌声亮了

飒爽而至的金风
用喧腾一时的暖色
将鸟雀们痴守千年的田畴
泼洒得酣畅淋漓

仓鼠们紧攥秋的味道

蟋蟀唧唧的歌声

撩开了草丛的幽径

此时是最寂寥的时分

陌上野塘残荷高举

在一泓秋水的澄明里

那春天放飞的纸鸢

已换成长空惊寒的雁阵

2021 年 11 月 9 日

故乡的大枫树

故乡有棵大枫树

它昂首挺胸立在村头

执拗地捧着一大块浓荫

村里的大人小孩

总被树枝上密密匝匝的风

和鸟群的飞鸣

招至浓浓的阴翳下

乡亲们或蹲或坐

守候在它滔滔不绝的絮语里

大枫树下有许多的故事

大枫树的故事与我

如同那几只乖巧的小狗

和蹲伏在一旁

年复一年反刍的黄牛

我在大枫树下长大

那被夏日的烈焰圈起的浓荫

就像父辈汗水洇湿的菜园

深深刻印在我的梦里

每当我彷徨异乡

大枫树又像一把擎天巨伞

撑在我多雨的天空

枝繁叶茂的大枫树啊

是紫褐色土地坚韧的守望者

或许我永远也走不出

它那虬曲如弓的脊梁

数十年里我常在梦中翘首

大枫树分明是位倔强的老人

始终朝着远方眺望

2016 年 12 月 5 日

沉默的石头

我是一块沉默的石头
立在这里已无关时光
因为我早就放下了岁月的重量

寂寞把我定格为风景
但我的心并不冰冷
我用好奇的眼睛看着世界
和星星说着别人听不懂的话

我吸收着日月光华

并常有偶尔一瞥在心中珍藏

真心感谢上苍赐我无声的力量

我是沉默的也是幸福的石头

只要时光安然无恙

从来就不怕地老天荒

就像西西弗斯推动的巨石

时间终究会把我推到高高的山上

2020 年 12 月 17 日